보이지 않는 것을 추억함

보이지 않는 것을 추억함

초판 1쇄 발행 | 2014년 2월 10일

지은이 | 설재훈
펴낸이 | 공상숙
펴낸곳 | 마음세상

주소 | 경기도 파주시 책향기로 337 306-401

신고번호 | 제406-2011-000024호
신고일자 | 2011년 3월 7일

ISBN | 979-11-5636-004-9 (03810)

문의 및 원고투고| maumsesang@naver.com
홈페이지 | http://maumsesang.blog.me
까페 | http://cafe.naver.com/msesang

* 값 9,900원

* 이 도서의 국립중앙도서관 출판시도서목록(CIP)은 서지정보유통지원시스템 홈페이지
(http://seoji.nl.go.kr)와 국가자료공동목록시스템(http://www.nl.go.kr/kolisnet)에서 이용하
실 수 있습니다. (CIP제어번호 : CIP2014000439)

보이지 않는 것을 추억함

설재훈 시집

마음세상

목차

돌아서면 이별

어떤 기억으로 사는지

내 삶의 다른 이름
불경과 불손과 오만의 그늘이었나, 혹은
기다림과 망각을 위한 오래된 준비인지도

바람이 지나간 자리
꽃이 피었던 흔적

계절은 어기는 바 없이
물러갈 때를 알고 또 와서 채워야 할 시간을 알고

고통이 전부였던 기억의 오솔길은
이제 그냥 지날 수도 있겠는지
지날 수도 있을 것 같은데

우리 이번 생에서는 돌아서면, 이별인가.

보이지 않는 것들을 추억함

차가운 것도 모르고
걸어갑니다
몇개피 남지 않은 담배갑 마냥
쓸쓸해집니다
별들은 보이지도 않더군요

아침
넥타이 매듭을 지으며
싱긋 웃고 말았습니다
제 맘이 이리 흐를 줄은
차마 알지 못했습니다

아무런 기억이 없는데
당신을 추억하며 살고 싶지는 않습니다
기억할 아무 일도 없었다고 해서

당신을 추억할 수 없는 것은 아니지만요

저녁 바람이 흘러 가서

돌아오지 않습니다

오지 않아도

기다릴 수는 있습니다

망연히 언덕에 선 것이

내가 아니기만을

바랬습니다

반지를 빼며

우리가 사랑이라고 불렀던 날들이
망각이라는 다른 이름을 얻기 전에
당신을 만나야겠습니다. 분노가
살아가는 하나 남은 이유였을때
당신을 미워했던 일, 미안합니다

간간이 해지는 들판에 나가면
노을 드는 하늘이 있습니다
바람이 분다면 들판의 풀잎은 흔들리겠지만
흔들리는 것이 풀잎만은 아닌지,
무게도 없는 그림자
무너집니다

나를 만든 것은 어머니였으며
나를 만든 것은 당신이었으며
나를 만든 것은 바로 나 자신이었으므로

말하자면 나는 메이드 인 당신의 이름과

나와 우리와 우리가 걸었던 나날

그날들이 추억이라는 다른 이름을 얻기 전에

당신을 한번 만나봐야겠습니다, 미워했던 만큼

사랑도 깊었다는 변명이라면

궁색하게나마. 그리고 우리 이제는

담담해졌을 테니까

노을, 숨죽이다, 사라지다, 그리고, 별이, 뜨다

꿈이었던 것처럼

이 몇 개월간 밤과 낮과 시간들이

잠들어서 보는 유년과

있지도 않았던 너와의 한때

꿈이었던 것처럼

바람 부는 하늘에 실려서

만삭인 달이 세상에 보내는 별들

양수와 핏덩이로 물들었던 노을이

마치 꿈이었던 것처럼

눈에 가득하게 차오르는

꿈이었던 것처럼

마음에 불을 지피라

중용을 알지 못하는 나,

슬픔 아니면 기쁨이요

행복 아니면 절망이었던

마음에 또 불 지피라

나는 살아 있는가

별이 아닌가

노을처럼 사라지지 않겠는가

꿈이었던 것처럼

누구나 한번쯤 기다리는 사람을
두고 떠난다

그가 떠난 후로 많은 날들이 지났다

어느 사이인가 정말 있었는지도 모르게

이름이며 얼굴이며 추억들이

기억의 틈 사이에 갇혀들고 있다

분주한 시간들이 빌딩들과

아스팔트 위로 넘실거린다

몇 번인가 그 없이 이리 잘살아도

되는 것인지 자문하기로 하였지만

웃으면서도 쓴맛이 입 한구석으로부터

진하게 번지는 것을 보니

그리 잘 살고 있는 것도 아닌 것 같으네

오라, 기다릴테니까

당신의 먼 여행이 끝나는 날

허름하고 초췌한 너의 얼굴
쓰다듬으며 떠났던 거
원망하지 않을 약속, 지금 할테니

나의 창문, 바람 속에서도 열어놓고
깊은 밤 작은 발기척에도
눈을 뜰테니

오라, 나에게로
너의 모습 그대로
오라

기다릴테니까

나는 지금 알래스카로 간다

지금은 힘겨우나
아주 평범한 표정으로
너와 만나고 또
너를 보내고

지금은 어렵겠으나
아주 평범한 느낌으로
너를 보내고 또
쉽게 잠이 들고

때로는
무거운 결정이
차라리 쉬운 법

나는 지금
알래스카로 가서 얼려지고 싶다

냄새를 맡게 해 주십시오

냄새를 맡게 해 주십시오
아주 이상스러운 친근함
당신의 몸 내음을 알아야겠습니다

안개 섞인 공기가
창문을 열고 들어 옵니다
한때는 그와 어울려
낯선 운명의 창들을 넘곤 했지요

치명적인 사랑으로
전염되길 바랍니다

약속할 수 있는 것이 많지 않으나
이상한 일입니다
행복이 예상됩니다.

익숙해질 때까지

아직도 나는
내 얼굴이 낯설다
세면대에서 손을 닦다가
거울에 비친 얼굴을 외면하며
짧게 머리 깎으리,
욕심 있게 된 마음은 거둬들이고

남들이 얘기하는 나는
아직도 내게 낯설다
그 사람은 사실은
증오해마지 않을 위선의 껍데기며
뱀의 혀를 널름거리는 지성의 잔쓰레기며
한거풀 풀어던지는
아침 대기와 같은 한기

가슴이 축축히 젖는데

당신을 사랑하는 나는 또

얼마나 낯선가, 깜짝

전화소리에 달려가는

마음이

번번이 책상 언저리에 걸려 넘어질 때

당신의 마음 참 멀기만 하였고

광화사(狂畵詞)

꽃이 아니어도 좋다
날 위해 깨어있지 않아도 좋고
눈물 한 알 남겨주지 않아도 좋으니,

아지랑이라도 좋다

짧은 봄, 아득한 한 올 향기라도 좋고
돌아보지 않는 바람
그 서운함도 좋으니

거두어라

내게 뿌린
너의 이름
너의 눈동자

규목나무

  지금까지 오늘 한 서른번쯤 그대 생각을 합니다. 규목나무가 어떤 모습인지, 대가의 시를 읽다가 그대 생각을 시작했지요 긴 하품을 합니다. 낯선 사물과 만나는 생경함과 호기심 모두를 오늘 한 그대 생각에 뿌려둡니다. 날마다 무성생식 하는 그리움이라니. 질리기도 하지요?

  치열하게 자라거라 규목나무. 거침없이 가지 뻗고 부러진 가지 아파 말고 때로는 모닥불 담담히 불태워지라.

  수염이 까칠한 얼굴을 만져봅니다 치열하지 못했지요 덥수룩하기 만한 내 사랑이 그대를 불편하게 하였던가요 상상 끝에서라면 나무는 결국 그대를 맺습니다. 영혼이라도 팔아 산 거미줄로 당신을 줄기채로 묶어 놓을 겁니다 영혼 없는 내가 반쯤 만들다 만 나이테, 세월의 구름다리, 턴테이블 위를 빙글빙글 돌면 그대는 빚어져 규목나무 속에서 걸어 나옵니다. 우리는 해후합니다.

터엉하고 어둠이 꺼집니다. 언젠가 다시 한번 당신을 만나면 규목나무 이야기를 하고 싶습니다. 당신의 마당에 심겨져 당신을 맺습니다.

그해 여름

저절로 밤은 깊어지고
달빛만 교교히
세상의 모든 거리를 비추고 있어

이 빛만으로 나는 날아
너를 찾을 수도 있을 것 같은데
나는 날개가 없고

너는 손 흔들어 주지 않을 것이다

산 밑 소나무들은 밤새
무슨 꿈들을 꿀까

한해살이의 모진 여정에도
푸른빛 하나 잃지않고 사는
고우나 강한 줄기들이

꿈틀거린다

지루히 덥던 올 여름

긴 볕에 음지하나 만들어 주지 못했어도

나는 그를 좋아하였다

사랑은 이로움을 주고 받아야만

생기는 것이 아님을

그 여름 나는

알아버린 것이다

이제 꿈으로 간다

이제 꿈으로 간다
꽃들의 방들을 숨어보다가
흠칫 달아나는 바람

꽃들이 까무러친다

부끄러워서일까?
안개가 피어 대신
사태 나고

웃다가 웃다가
나는 꿈으로 간다

거기
있는가?
꽃들과 함께
안에 머무는가,

위안이 필요했으므로

꿈으로 갔다
그저 꿈일뿐이나

위로가 필요했으므로

나 같은 사랑 않기를

네 마음이 내 맘 같지 않았지만
그것으로 좋았다

사랑하기보다는
사랑하지 않게 되길 바란 시간이
얼마나 더 길었었는가

첨벙거리던 계절에 묻은
짠 내 남은 몸을 씻으며
이제는 투명한
투명한 비늘을 가진 하늘과
만나러 간다

가끔은 네가,
내가 사랑하던 새벽들,의,네가
보고 싶어질거다

하늘은 높았다

투명한 아주 투명한 비늘을 본다

마지막 남은 사랑을 보내며

부디 나같은 사랑

않기를.

벌레 한마리 불에 뛰어드는 밤

너를
네 얼굴을 만져보고 싶다

잠깐 동안만

간유리 파편으로
쩌어억
하고 갈라진 내 심장
피 흐르는 슬픔
변명삼아서

아주
아주 잠깐동안만

내일 잊는 건

내일 잊는 건 하지 못한다하여
지금 가려하네
안녕
즐거웠던 기억들

유년의 풀밭을 지나
탐색으로도
방황으로도
못나게 일그러진 영혼이
사랑하던 이여안녕

산다는 게 그런거지
위안하여도 견디기 힘든
내 비겁을, 내 위선을 지켜봐주던
이들을
마음으로부터 떠나가려고 하네
내 눈물을 바쳤던 이여, 안녕

빨갛게 피지 못한 젊음이여 안녕

성한 뿌리로 홀로 서

성숙의 열매를 맺을 때까지

안녕

너는 가고 나는 남아도

네 마음이 나와 같지 않다는 걸
모르지는 않았지만
담담히 받아들이기에도
쉽지가 않다

서로의 마음이 비껴난다면
다음을 기약하는 것도 좋을 성 싶어
옥메이는 슬픔은 내려 놓는다

이리 헤어지면
다시 만날 때는
웃을 수도 있을 것이다

너는 가고 나는 남아도
나는 가고 너는 남아도

너 사랑하던 내 마음은

네 곁에

나의 마음에 묻어 놓고서

이것이 마지막이 아니리라

고개 숙이며

이제

너의 창문에서 멀어져 간다

너라는 여자

알지도 못하면서

앞일도
미래도
한치 앞도 보지 못하면서

나와의 불행을 예감하는
너의 그
모진 본능이

감탄스럽다고나 할까

너와 만나다

안개가 있는 날이면
아침의 소리가 더 가까워지곤 했다
혼란한 시야속에서도
정연하던 그리움

안개가 물러가는 것을 지켜보며
제 자리를 찾아가는 사물들 속에
노란 꽃들이 붉은 꽃들과 뒤섞였다

후욱하고 바람이 지나간다
바람이 쓰다듬은 텃밭에는
사랑처럼 따스하던 지푸라기를 뚫고
파 줄기가 우뚝하다
그 모든 소리중에서도
아침이 오는 소리, 안개와
꽃들이 뒤섞여 봄이 가고
농염한 햇살을 터트리며

여름이 저기

바다를 건너 동화같이 낮은 산을 넘어

저벅거리며 다가오는 소리

안개가 가고 나면

나는 너와 만난다

그런 소리가 들린다

혼자 중얼거리기

좋아하던 소설을 되읽으며
이 밤도 간다

좋아하던 노래를 들으며
하품을 하고
담배 하나를 문다

한숨을 쉬고
불을 붙이고
깊은 숨 가득히
품어들이다가
내뿜고,

좋아하던 소설을 덮으며
노래를 듣다가
창문을 연다

담배 하나를 더 물고

망설이다가 내려놓고

창문을 조금 더 열어놓고

보이지 않는 별을 찾아보다가

고개를 숙이고

창문을 닫고

노래를 그치게 하고

좋아하던 책을 책꽂이에 꽂다가

우두커니 서서 말한다

보고싶다, 너

좋아하던 책을 덮으며

누더기

내 사랑
누더기다
입기도 전에
헤져서
너덜너덜 작은
바람에도 흐트러지며

내 사랑
먼지다
문득 다가와서
순간 떠나가버리고

내 사랑
불면이다
꿈속에서도
자유롭지 못한
나는 너의

노예다

먼지다

누더기다

내 사랑

누더기다

보기 싫어도

몸에 맞아 편안하니

모든 기억 먼지 될 때까지

이리 누덜거리며

사랑하련다

누더기다

먼지다

내 사랑이다

비록 불면이 길어진대도

내 사랑은

내 사랑이다

시립도록 고운 이별로 우리 차마 만나고

우리의 명암이 갈라져 나는 어둠의 빛깔이 되고
땅의 발자국으로 남으며 당신은 빛으로 투명하게
하늘에 닿을 때

아이들이 뛰놀던 공터
초록으로 살아나던 대지와
태양의 축복을 받으며 굴러다니던
계절의 수레바퀴에서 부력을 얻던 날짐승들

삶이 비로소 삶이 되는
우리 생애의 최고의 날
다시 빛과 어둠으로 갈라져
비수 같은 상체기로
서로의 이름이 남을 것임을 알면서도
단 한번의 새벽에 시립도록 고운 離別로
우리 차마 만나고

미시령에서

간간히 흐덕이던 눈송이, 눈발로 바뀌어 미시령 깎아진 절벽아래로

날리고 서버린 시간. 잠시 멀게 남은 길에서 나와 나무 앞에 선다

숲에 들어오면 숲은 못 본다고 나무만 보면 숲은 없는거라고 매서운

바람 얼굴을 치는데, 살아야 할 많은 날을 남기고 얼려지고 싶다면

제 살을 꺾어 나무는 종아리를 쳐댈지도 모르지

남루한 추억 한 벌과

쩔렁거리는 그리움 몇 개

어쩌면

이미 지나쳐온 낯 익은 기억에서

영원히 서성거리고 싶은 건지도 모른다

추억에서라면 슬픔도

습관처럼 안전하다고

닫혀져서, 못나게, 고개를 들면

봄은 온다고 또 그리

꽃이 피어난다고

나무는 눈의 무게를 견디며

미시령

그 겨울의 끝에 서있었다

기억에 대한 원망

오래된 옷처럼 편안한 사람이 있었다
너무 편안해서 있는지 없는지도 모르고
떠난 다음에도 알지 못했다

사랑하는지 모르고 사랑한 사람이 있었다
너무 사랑해서 사랑했는지 않았는지도 모르고
떠난 다음에도 알지 못했다

기억한다.
사랑이라는 것이,
산다는 것이 그리 거창한 것이 아니라는 것을 알게되
었을 때
안타까움으로 지켜보던 그 사람의 눈이 제일 먼저 떠
올랐다.
(왜, 그때에는 알지 못했을까?)

안개가 잦은 요즘

벌게진 눈으로 쳐다보는 거울 안의 나는 낯설다

이렇게 변해간다면 다시 만나도

알아보지 못할지도

실망할지도 모른다.

불현듯 초조해진다.

창문을 닫으며

우울한 하늘 끝에서 바람이 분다
창에서 물러나 고개를 숙여본다
이렇게 하루를 흔들리고 있자면
못 견디게 보고픈 얼굴 하나 있지만
나는 못내 창문을 닫고 만다

너를 사랑하는 것이 아니었어

하지만 어쩌겠는가
내가 철새로 난다해도 너는
본능처럼 돌아 가야 할
봄이다

예전에 나는
내 마음에 아무도 들어오길 원치 않았으나
이미 너는 내 마음의 전부였다

고통

순간 나는 알아 버린다
너의 냉담한 마음이 (하지만 달콤한 목소리가)
수화기 끝에서 덜컥 내려지고
뚜우하고 파열하는 신호음의 긴 아우성을
의식하지도 못하고 정지해버린
내 의식의 흐름에서

나는 너의 아무것도 아니지만
너는 나의 전부가 되고 있다는

그림보기의 시작

스스로의 귀에 대고 중얼거리다

너의 감정을 과장하지 말라

나는 일을 마친다

너는 일을 시작한다

나는 여기에 있다

너는 거기에 있다

서서이 어둠이 내리는

공장 벽을 지켜보고 있으면

괜한 안도감이 든다

담배연기는 어둠을 배경으로

더 잘 연기한다.

상승과 소멸

몰락과 부활

가끔은 대칭으로
이루어지는 긴 낱말잇기를 한다

초록과 노랑
후기 낭만파와 싸롱의 귀족화가들,
반동을 밀치고 일어나는 혁명
아래 피흘리는 성모의 눈

'평안하여라'

이 모든 것들을
다 그려낼 수 있을까

너는 거기에 있다 나는 여기에 있다
사이 여백의 무력함

말해서는 안되는 그리움

그림보기를 시작한다.

우리 다음 생에 어떤 이름으로 다시 만날까

홀로
하늘에 오른다

멀리
네가 웃고 있다

바람이 지나간 자리에
시린 햇살이 들어서고

너의 웃음만큼 서럽다

하늘에서 내려
서러운 이슬이 되어

우리 이 다음 생에
어떤 이름으로 다시 만날까

대설주의보 1

늘 그렇듯이

집으로 돌아가지 못한 채

눈을 만나다

늘 그렇듯이

가르쳐주지 않아도

눈길에 긴 발자국을

낼 줄 아는 아이들

갈래머리 소녀와 소년이

동동거리며 버스를 기다린다

그들이 서있는 계절 한 복판

버스는 결코 올 것 같지 않은데

나는 그저 지나친다

늘 그렇듯이

늘 그렇듯이

창밖의 세상은 참

멀다. 저마다 낯선 이.

버스가 와서

눈길을 이어 저마다의 마을

끄트머리 어귀 길을 밟으며

돌아가야 할 안식에

네가 서 있을까?

늘 그렇듯이

생경함으로 닦아 내리는

창문, 허연 입김을

후 불면

긴 발자국을 남기며 우린

눈 덮인 논길을 걷는다

늘 그렇듯이

아무것도 아닌 것이
기쁨이 있다

늘 그렇듯이
늘 그렇듯이

아무것도 아닌 것이
슬픔이 된다

대설주의보 2

눈이 풀잎에게

심장이 굳어져

불안한 것이 많아서
어둠이 너무 깊어서

헤픈 웃음 공허해

일상의 긴 그늘에서 벗어나
행복하게 녹아버려 갔으면,
영원히 영원한 것은 없을 테니까,
삶은 정해져 살게 되는 거니까,
자꾸만 얼어가는 몸, 영혼이여

역류를 기다리다가, 결국
오래전에 맞은 절망을 신부 삼고
버려진 벌판의 허수아비 주례 삼아

희망의 목을 조였겠지

꿈은 가고
나는 남았어

어디로 가야 하는 지,
부르다만 노래는
그쳐 버리고

내 그늘이
너는 덮지 못하게
떨어져 갈께

- 눈이 풀잎에게

대설주의보 3

어느 지친 정오

내 속에 있는 또 다른 내가
술 한잔 하자 말할 때, 거친
내 호흡이 결국 이 세상 울타리를
넘어서지 못하고 있을 때

눈이 오고 있었네

아이가 포장마차 오뎅꼬치를 곁눈질하는 하루를
또 지치게 걷고 있는 사내의
여윈 어깨 위에

시리도록 고운 눈 내리고 있었네

머물지 않겠네
투명한 바람에 휘날려
세상에 채이지 말고 녹아

흐르리

대설주의보

낮부터
내 안에 있는 또 다른 내가
술 한잔 하자 조르네

너 사랑하며

할 수 없을 때까지

사랑하다, 하다
운명의 끈으로는
우리 인연 잡아 둘 수 없다고
겸허해질 때까지

너의 하루가 지나가는
봄과 시간들
제때인 꽃들의 영토와
노래가 들릴 것 같은 하늘
비가 내리는 거리에서
삶의 이유가 되는 기억,
너의 얼굴

내 생명, 먼지 될 때까지

심미하게 부는 바람에도

견딜 수 없게 여위어

가쁜 호흡

숨죽여지다가

이생의 마지막을

네 이름 부르며

눈 감아질 때까지

너, 사랑하며

독무(獨舞)

바람부는 하늘에 오르다

잿빛이다 하늘

티 없이 온통

먹통이다 그는

조금 후에야 도착한다지만

아무 일도 하지 않고

기다릴 수는 없지 춤을

춘다, 춤은

어깨 울림에서 시작되어

눈 감은 내 얼굴 미간에서

풀린다

가만히

눈을 감아 보라

주위의 모든 것이

정지하고 조용해지고

다 숨죽이었다가

아주 작은

작은 폭발로

톡

톡

톡, 비가

터진다 어깨춤이

커진다 세상

모든 것들에

장막이 쳐지고, 보라

여기

내 춤을 따르는

거대한 음악이 있다

내 춤, 흥에

겹다, 지핀다

두통약에 대한 변명

꽃이 피기를 기다리며
술을 마신다

술은 금새 바닥나고
피기를 기다리는 꽃은
아직도 땅속에 있다

꽃을 기다리며 나는
날마다 술을 마시고
날마다 詩를 쓴다

술은 금새 바닥나고
詩도 술에 취하는데
꽃은 아직도 땅속에 있다

꽃을 그리워하며 술을 마신다

술을 마신다고 꽃은 피진 않는다

그냥
내가 기다리는 것이
꽃인지
詩인지
술인지 모르고
술을 마신다

나를 취하게 하는것이
술인지 詩인지
너라는 꽃인지 묻기위해
전화를 한다

꽃은 山이 아니라서
메아리가 없다

숨은 그림 찾기

이 밤이 언제인가
끝이 난다면,
아침을 볼 수 있다면

사막같던 시간들위 희망이던 눈부신 초록
초록을 닮은 당신.

이 그리움이 당신에게
가는 길 담은 숨은 그림이라면

아침도 되기 전
초록을 찾아 나서기 위해
동여매는 끈
내 강철 신발

가벼워라

보고싶다 너

그때에는 무엇이 그리 아파

잠들지 못했는지

사랑하는 사람은 가고

사랑하던 기억만 남아

그리워지는 건

사랑하던 그, 아니면

우리 사랑하던 일?

새삼스레 이리 아파오면 대체

어찌 살아가라는 건지

연약한 내가 또

가여운 내 영혼이

영원하지 않으리라는 위안으로, 그래

죽어간다는 단 하나의 이유만으로

눈물은 지우고 살아가야 하는지

보고싶다 너

실은

널 아직도

기억하고 있다

죽어가고 있다면

그때는 언제일런지

그렇다면

언제쯤 담담히 네 앞에

설 수 있을지

추억은 아름답다고만 하던데

이 밤은 왜

이리 슬픈 것인지

보고 싶다 너

실은

아직도 널

사랑하고 있다

몽유(夢遊)

초저녁 잠에서 깨어난 나는
사과를 깨물며 산길을 걸었다
태양이 꼭대기에 걸린 한때,
축제와 다름없던 묘지에
밤이슬이 피고 있다

묘지!

수천,수만,수억의 사람들이 꾸는 꿈에 등장하는
수천,수만,수억개의 별들이
황도를 따라 부산히
하늘을 오르내리고
꼭 바람과 함께 사라져가던
당신들의 죽음과 같던 이별들 위에
밤벌레 울음만이 방점을 찍고 있다

묘지에

먹던 사과를 반 떼어던진다

재빨리 이슬이

사과에 달려들어

핥는다. 그런데

여기

사과나 씹으며 산길을 걷고 있는 나는

대체 어느 별이 꾸는

나쁜 꿈인가?

해 저물어 갈때

해 저물어갈 때/난데없이 먹통된 하늘이/비를 떨구고/솜덩어리같이 무거워가는 대지 위에서는 /새들도 날개를 접었지/그리움이라면 그리움/교훈도 없이/자꾸만 같은 방향으로만 굳어진 물줄기/흐르면 흔적도 없을 것이지/지난일로부터 배우지도 못했는가/싸리줄기 흔들거리며/곧추인 가지가 부러질 때/비도 그쳤다/밤은 오고/둥지를 추스리면 새들이 날개를 폈다접었다/언제인가/이곳에서 네가 오면/그 흔적들을 보겠지/해 저물어 갈 때 같이 저물어 가던/마음들이 모였다가 흩어진 그 자국에/마지막 빗방울이 맺혔다

풀잎이었을까

풀잎이었을까

적막한 밤
사삭이며 들려오는
작은 흐느낌

늦게 남은 철새가
두리번거리는 하늘,

어느 바람에 실리면
훌쩍
먼 옛날
동화 속에 다달을 수 있을지

노을 걸린 서쪽 언덕에
날개를 편

새 한 마리

풀잎이었을까

마지막으로 그를 위해
펄럭거리던
그 숱한

그리움

시가 나를 부른다

지친 몸

푸르디 푸른 하늘 빛

모두 어스름에 갇혀지고 있는데

풀벌레, 찌르르 우는 마냥

나지막히 시가 나를 부르고

밤 바람 소리, 북국에서

어느 깊은 산울에서

적막한 긴 동굴에서 시작된

밤 바람 소리

시가 나를 부른다

이렇게 떠나면 다시는

만나지 못하는 거예요

눈빛으로 그리 말하며

낮에 보냈던 여인 생각에

잠 못드는 나를 불러,

시가 나를 일으켜

자기 몸을 사르게 하나니

사랑하고

미워하던 모든 이야기

아침이면 부끄러울

지 한 몸 또

쓰게 하나니

바람소리, 풀벌레소리, 나의, 나의…

버릇

턱턱한 입으로 눈을 뜨고
버릇처럼 담배 하나를 문다
망설임 끝에, 그래
아무것도 아닌 일로
하루는 시작된다

벌써 여러 해 한일도 없이
어제 같은 오늘을 살면서도
불안하지 않다면 거짓이겠지

사랑하며 살자했음이
선 꿈처럼 잊혀 질 때
반쯤 남은 담배를 끈다
망설임 끝에, 그래
이제 모든 일이 망설여진다

그냥 꿈이었을거야

꿈이었을까, 어느 화사한 봄날이었지

꿈이었을까, 멀리서 너를 보았고

꿈이었을까, 어이없이 사랑하게 된

꿈이었을거야

봄날은 빨리도 간다

꿈이었을까, 나비가 꾸는 사람의 세월

꿈이었을까, 사람이 꾸는 나비의 유영

꿈이었을거야, 너에게로 다가가고 있었어

봄날은 빨리도 갔다

꿈이었을까, 벌써 슬퍼지는 건

꿈이었을까, 어느 하늘 아래 태양은 빛나고 있는거지

꿈이었을거야, 몽롱한 아침

너와 지하철에서 만난다

이런 책 읽어 보시겠습니까?

1- 잘된 추리소설 한편

전에 읽은 탐정 소설마냥

내 사랑을 추리해 보면

物證도 心證도 情況도

내게 불리하지만

아직 덮지 마라

뻔한 결말 길목에

어떤 反轉이 기다리고 있는지

아무도 알지 못한다

2- 부끄러운 음화집

벌거벗은 태양

벌거벗은 구름

벌거벗은 나무와

벌거벗은 대지

벌거벗은 짐승과

벌거벗은 아이와

잘 차려 입은 우리 모습 중

어느 것이 더 부끄럽습니까?

비오기 전

벌써 들판은 허옇다
나날이 뱀과의 산책

내 혀는 뾰족하다
영혼은 허물을 벗다

딴 놈과 서방질한 계집,
하늘은 또 애비 없는
비를 잉태했다

창백해진다
숨 넘기는 신음과
이윽고 고함소리!

버얼써,
들판은 저물었다

왼손에는 영혼의 허물,

딴 손에는

내 생애 마지막 유혹이 될

네 손의 온기

비가 내리고 있다

비오는 날

저기 키 작은 굴뚝, 연기는
하늘로 향하지 못한 채
가라앉고만 있다

부산하던 세상이
조금은 쉬어가는 듯한 시간

좁다란 처마 밑에
깨금발로 서성이는 마음들아

비오는 오후에는
새들도
날개를 접는다

비 온 후에

이슬이 풀잎의 살갗속으로
빨려 들어가는 순간과
모두 잠든 밤, 몰래 내리는 비가
이세상 처음 와 닿는 곳을

흑색 사진 속
고호가 그린 그림의 정말 색채와
고호가 살았던 일생의 명암과
잠들지 못한 시간, 그가 뒤척이던 절망의 깊이를

그 연극
고도는 언제 올것인지
기다려도 오지 않는 것들에게도
기다려지는 무엇인가가
있는 것인지

그리고
너의 '그래, 어'하고
끊는 전화의 텅한
여운이 주는 부옇한 에필로그

알고 싶은 것들이 있어
알 수 없게 되겠지만

담담하게 기억들을 만들고 싶어

흑백사진, 고호의 자화상, 이미 내려버린 비,
헤어진 실타래 가느다란 인연

가슴에 천조각을 덧대며
다만 강해지도록

이름 하나 새로 지어 받아야지

한 번도 가보지 않은 깊은 골짝을 주소로 하고
이름 하나 새로 지어 받아야지
아무도 기억할 수 없이 긴 이름이거나
찰라에도 수 천번은 불릴수 있을 것 같은
바람으로

이백의 뼈와
십만의 혈관과
육백의 근육이
너를 부르고 있다

바람도 없었는데
네가 그리워지고
흐려진 눈앞에서
선명했지만 희미하였고

희미했지만 선명하게도

눈 앞에서 사라지는 것이었다

땅에서 맺은 연은

이제 풀어내고

이름 하나 새로 지어 받아야지

아무래도 바람은

스쳐 보내야겠다

마지막 편지 쓰던 날

이미지와 실체의 차이를 묻는다
내게는 똑같이 어렵기에 똑같은 말은 아니지만
그것들을 동일어라고 배운다
수천의 언어로 너를 떠올린다
너는 그만큼의 언어로 분열되고 다시
하나의 너로 모인다
너와 수천은 결코 같지 않겠지만
똑같은 무게로 느끼기에 나는
같은 거라고 생각하기로 한다

마지막 편지 쓰던 날
사랑이라고 쓰다가 아니라고 다시 쓴다
사랑이어도 아니어도
그립기만 하기에
사랑이라고 하고 아니라고 하다가
아무것도 쓰지 못한다

사랑이 좋다

사랑이 좋다.

타인의 사랑이라도,

나는 하지 못할 사랑이라도

상관없다

남들처럼 고운 시간 한번

갖지 못할 것이라는 예감이라도

사랑이 좋다

비오는 저녁

뽀얗게 꽃잎의 눈물을 쓰러 내리며 떨어지는 비,

옷 벗어 덮어주지 못할 헐벗은

내 영혼의 깊이를 차고 넘치는 비여

용서하라

사랑하는 모든 것들이

사랑하는 모든 것들과 어울려

어둠 속에서도 사랑하고 있구나

사랑이 좋다
어둠이라도 견디어 낼만큼
강한 사랑이, 어느
사랑이라도 어둠쯤은 견디어
낼 수 있다는 위안이
좋다

비가 내린다
사랑이 좋으므로
비 내리는 우리의 거리에
찢어진 우산 같은 사랑
한번 하자

사랑이 좋으므로
사랑만이 희망이므로

序

우리 이야기의 시작

바람만이 남았다

아무것도 없었다

둥둥

사람들은 다른 우주의 별이었고

표류하였으며

공전의 주기와 자전의 시간만큼

멀어지고 가까워 지곤 했다

바람만이 남았다

둥둥

아무것도 없었다

더러 아프게 될지 알면서도

어쩔 수 없이 이끌리다가 별자리가 되었다

우리의 전설은 그래

이렇게 시작되는 것으로 하자

서른

달라진 것은 없는데 서른이다

새로운 날이 시작되지도 않고

내 안의 나날을 갈아 새롭게 하고 싶지도 않다

새삼스레 앞으로의 날들이 더 나을 것이라 기대하지
않고

아마 세월도 앞으로의 내게 더 이상 기대하지 않을 것
이다.

三寒四溫의 일기예보에서 사라진 겨울은

오늘은 이름값을 하며 찬바람 되게 울려

밤을 얼리고 있다

나쁜 냄새라도 없애려고 여간해선 열지 않는

창문을 연다 어쩌면 나쁜 것은 나다, 나다, 나다

하고 속삭이는 건 내가 아니다 바람이다 나는

나쁘지 않다 다만 방법을 알지 못하고 아둔하다

손가락이 잊어버린 전화번호

일일사에도 남겨놓지 않은

너의 흔적을 날마다

문의한다

서른

연체된 사랑의 숫자로도

아직 기다림은 끝나지 않는다

서른을 한 천년쯤 참아내기로 한다

나쁜 소문을 퍼트리는 바람

창문은 차마 닫지 않는다

저 여인의 노을
구내식당 아주머니

퇴근버스를 내려

들길을 터벅거리는 그,

때,

처진 어깨 위

슬프도록 곱게 흩어 번져가는 저

여인의

노을

복도

여인은 아침부터 곧 또 더러워질 복도를
닦고, 닦고 있다

키 작은 허리 펴지지 못한 채
아마 그리 살아왔을 만큼의 세월
저리저리 닦아내고 싶은 것인지

무심하게 보이는 표정은
어느 지친 삶의 습관에서 발원하였을까?

근심이 만들어놓은 이마 수렁 같은 주름들에
당신의 아들이며 남편이며 가족들이
무수히 지나가고

여인은 닦아도 더럽혀질 복도를 저녁까지
닦고, 닦고 있다

손톱

잠들지 못하는 이유

끝내 기억해 내지

메니큐어 바른 흰 손톱

달빛마저 흰 입김 내뿜어 그 안에서 그 손톱

사랑해도 좋을까?

무엇이라도 그리워하고 싶다고 하지

정말 그리운 건 말로도 못해

개구리 소리 들으며 잠들 수 없는 밤마다

한 천년쯤은 야위어 가

정말 널 손톱만큼만 사랑하면 안될까?

그 놈의 개구리 소리 차암 크네

숭인동에서

전날밤 술자리에서 들은

태풍이 지나가는 가장자리에 앉아
더운 삼겹살에 차가운 소주를 마시며
옮겨간 자리에서 과일안주와
맥주를 홀짝거리며
길었던 일상의 문을 닫아가고 있다

만난 사람과 보냈던 사람들
불쾌함과 짧았던 웃음과
끝나지 않을 것 같던 권태속에서
꽃 한다발을 바쳤던 어느 새벽
그 골목의 공중전화를 고백하는
동갑내기 신입사원이 목으로 기어오르는 밤벌레를
손으로 떼어내고 있다

그랬었지,

취기가 오른 머리 꼭대기를 문지르며
태풍가장자리에 부는 바람이 지나간다
그런 적도 있었지,
의문을 품고 살아가기에는
우리의 시간이 그리 길지않다고들 하지만

우리는 언제 슬퍼해야 하며
언제 기뻐해야 하며
언제 체념해야 하는지 또

소년이 사내가 되는 것은 언제이며
뜨거운 사랑은 언제 와 줄것이며
우리의 하늘에서 별은 언제 사라지는지
대체 언제 별들은 사라져 버리는 것인지

시가 될 거다

내일 아침 일어나면 맨 먼저

시를 쓸 거다. 그야말로

시다운 시를 쓰고서야

이를 닦고 수염을 깎고

거울에 비친 얼굴을 들여다

보리라. 해가 뜨는 아침이

툭하고 오르면 시는

스스로를 부르며 내게 올 거다

짧은 눈부심 혹은 영원한 평범의

안락함에 길들여지는 하루하루가

저기 저기까지 길게 늘어서고

못되어 버린 시로 수부룩한 휴지통을 비우다,

픽하고 쓰러져 하루하루가 주욱

하고 도미노로 밀려나가서 거리를

산길을 산을 그리고 슬픔을 덮어

다시 밤이 올 때까지 담배와

잘못된 치열함과 비틀어 보기와
거짓 웃음과 인사한 나의 푸른색 작업복 입고 같이

터벅터벅

내일 아침 일어나면 맨 먼저
시를 쓸 거다, 밤에 쓰지 못한,
낮에 살지 못한, 아직도 살아보지 못한
절정의 순수가 하늘에서 뚝 떨어져
시가 시를 부르고 시가 시를 태워서
태양 같은 밝음으로 스스로 설거다

희망없이 사는 것이 가능한가?
희망이 슬픔이 되도 희망하며 살거다

시, 아침이
오지 않아도
푸른 작업복 갈아입고

내가 시가 될거다

마음이 가난한 자는

이곳 제철소에서는
달도 강철로 뜬다

밤낮없이 타오르는 쇳물 녹는 용광로에서
은빛 도금되어 밤마다 뜨는.

언제인가 우리
눈부시게 고운 달 뜨는 하늘 아래
콘크리트 벌판에 앉아
강철 같은 달빛에 겨워
소주라도 마시자

여기 제철소에서는
꿈도 강철로 꾼다

벌판에 선 거친 들소였으며

깊은 동굴에서 시작된 바람이었으며

태양보다 뜨거운 열정과

피어오르는 폭풍

강물을 거스르는 연어이므로

강철로 된 자궁에서 날 끄집어내며

내 어머니

강철보다 견고하게 사랑하라 했으므로

피 흐르는 슬픔 견뎌내가며

이곳 제철소에선

꿈도 강철 같은 사랑으로

꾼다

-복이 있나니

어떤 아버지

저 사내는 한 달 전에
눈에 넣어도 좋을 아이를
하늘로 보냈다
말하자면 이제는 아버지가 아니다

사람은 어떻게든 살게는 되어 있다

이제는 아버지가 아닌
저 사람의 넥타이가
대신 노랗다. 처진 어깨 위에
그의 아들이 앉아 웃고 있다

하늘은 푸르고 일기는 눈부시게 좋았다
새순이 돋는 건
그래도 너무
잔인했다

어머니

크게 한 번 앓으시고 난 후 어머니는
전화 너머로 어디니
언제 오니, 두 마디만 묻고는
자꾸 자꾸 허하게 웃으신다

작년 병원 병실에서
황망히 뛰어온 아들에게 밥 먹으라며
수저를 자꾸만 손에 쥐어주던
힘없던 손길이,
눈빛이
저녁 노을처럼
흩어져 갔다

내게 먼지만큼의 사람다움이 남아있다면
그건 다 어머니의 축축한 눈동자에서
비롯되었음을

그대와 나는 알고 있고

그래서 나는

한 여자의 남자가 되는 것이 또

한 생명의 부모가 되는 것이

두렵다

어머니의 부엌

생애 한 번도
남에게 큰 소리 없이 산
사슴같은 마음이
잠들어 있다

욕심도 없고
미움도 없이

바랄 것도 많은 세상
눈 지끈 감고
살아낸 세월

어머니의 이生은
가위눌린 악몽 같았을까

잠 많은 아들을 깨우며

마당을 쓸고 있는 어머니의

부엌, 낡은 양동이속에는

국거리로 사온 논우렁이, 한달 내내

차마 죽이지 못하고

김장 우거지 우적 씹으며

겨울을 나고 있다

언제 익숙해졌을까

동무를 만나 술을 마시며
유난히 큰 눈 있던 겨울,
이루지 못했던 사랑 이야기

언제 익숙해졌을까

겨울이 가고 봄이 오는
순간순간 헤어진 것들에 대한 미련들에

언제 익숙해졌을까, 아직도 나는
그 숲, 따스한 겨울 볕이
나뭇가지 새로 새어들던

언저리만 맴돌아서
그곳의 돌무더기, 꽃들이며
나무들, 결코 다 가보지 못할 것 같던 오솔길

내 눈물을 뿌리던 그 길에

언제 익숙해졌을까

동무와 만나 마신 술의 취기와
인사도 없이 헤어지는
그 메마른 작별들이

아, 그 숲이 이리 작았던가

귀가

해가 기울어간다 풀벌레들
저녁공양을 위한 기도치고는
소란스럽다 풀벌레들
마저 삼켜버릴 수 있을 것 같은 시장함.

햇살 받아 점멸하던 공장 앞 큰 저수지도
서서히 달 맞아 들이려는지, 아니
벌써 문을 두드리고 섰는 단골 손님을 위해
옅은 안개를 행주치마로 두른다 갈대는
그 속에서도 쓰러졌다 다시 일어서고

분주하게 귀가를 서두르던 마음을 세우고
쓰러지는 갈대를 본다
기억해야 할 것을 기억하며 살고 있는지
같이 흔들린다. 후회없는 나날을 위해
같이 쓰러진다. 그러나

터무니없이 관대한 바람에 실려

혼자 몸을 일으키며

용서하기를,

난 왜 이렇게

살고만 싶은가

장밋빛 인생 1

출근길

아침,

김밥처럼 말린 사람들

좁은 출구로 쏟아져 내리는

지하철 3호선

대,치,역

(다음 정차역은 대치,대치,대치역

-시큰둥히 삶과 대치하는)

나의 목적지가 여기였었나?

(내리실 곳은 오른,오른,오른쪽

-아니 어찌 사는 것이 대체 옳다는 말이지?)

투명한 것 끝에는 언제나

절망이 움크리고 있지,

일상의 권태로 열리는 저 문을 외면하고

수서로

12월로, 다시 1월로

(공상조차 자유롭지 못하다?)

이 아침의 환희

절망은 (그런 것이 있다면)

12월에서

1월로, 다시

영원까지

장밋빛 인생 2

그 밤의 유령

숨죽여라, 겨울 바람아

떠들썩히 피어오르는

밤 안개들아

부산히 타들어가는 먼곳 별들아

짙은 어둠을 걸치고 일어선 보름달아

다 숨죽이고 내가 주인인

작은 연극을 보리니

종일을 흘러넘치는 하수구멍에 튀는

가느다란 그의 허리를 보듬어 싸고

비트 비트, 우악스런 검둥이 가수

쇠 긁는 애들럼에 발을 옮기며

물방울소리에

눈을 감고, 어깨를 넓히며

투박한 손을 건네

포르테에서 포르테로

포르테시모에서 다시 포르테시모까지

비트 비트, 절정에 오른

마지막 절망으로

언제까지나

열광할 준비가 되어있는

무모한 열정으로

- 쉬 -

잠시후

떨어지던 물방울이 정지하고

바람이 다시 불고

안개와 별과 보름달

새색거리는 내 심장에

터질듯 박동치는 그,리,움,들

내가 춤추었던 숨막히는 향기, 너는

대체 어느 유령이 만든 그리움?

장밋빛 인생 3
사내의 실종

추억 속으로 걸어 들어가다

아니라고
아니라고
아니라고

고개저으며

아니라고
아니라고
아니라고, 하지만

사내, 추억 속으로 들어가
다시 나오지 못하다

장밋빛 인생 4

자화상

저기 저
미치듯 두리번거리는
여윈 영혼의

그림자

장밋빛 인생 5
그댈 덜 사랑했더라면

그댈 조금 덜 사랑했더라면
아직도 우리 같이 있지 않을까 하네

절정에 이르지 않고 늘 푸르다가 마는
상록의 지친 잎들을 쉬게 하려는지
겨울 저 아침나절의 비

내리네

불면의 밤이었겠지,
지친 사람의 얼굴을 한
창백한 하늘의 회색이
아침 나절부터
술 한잔 하자

조르네

장밋빛 인생 6

세상이 이리 어지러운데 나는 사랑밖에는 몰랐다
평범과 위선을 넘나들며 사는 것 밖에는 몰랐다

눈물이 무기가 되고 절망이 무기가 되던 시간에
돌 한번 던지지 못하고 돌아온
가투(街鬪)에서도 나는 사랑밖에는 몰랐다

파쇼가 밉고 외세가 미웠어도
벚꽃 핀 봄을 지독히도 좋아하였고
기껏해야 내 이름은 더러운 로맨티스트

사랑에 울고 시에 울고
세상이 이리 어지러운데, 난
사랑밖에는 몰랐다

사랑에 빚진 자 되어

사랑에 빚진 자 되어
너의 거리에 나 앉네

사랑을 적선하겠는가?
허름한 마음을 흔들어 보여도

외면하며 지나치겠는가?
비장의 하모니카를 내밀어 불어도
주저없이 멀어지는 네 뒷모습

사랑에 빚진 자 되어
너의 거리에 나 앉네

바람이 차가와 초저녁에
더 기다리지 못하고
자리를 걷네

에필로그

할 수 없던 말들이야
가슴에 묻어두고
그리움은 한 구석에 내려놓을 수밖에

종일을 불던 바람, 나는
눈을 감고 말았지

외진 어느 박토 위에 이 같이 못난 마음 남아
귀찮게 너를 지분거리는지

되뇌이다 되뇌이다
미안하다고 잠들 수 없는 새벽,
성탄 노래 쓸쓸히 울리는

내 마음의 무덤